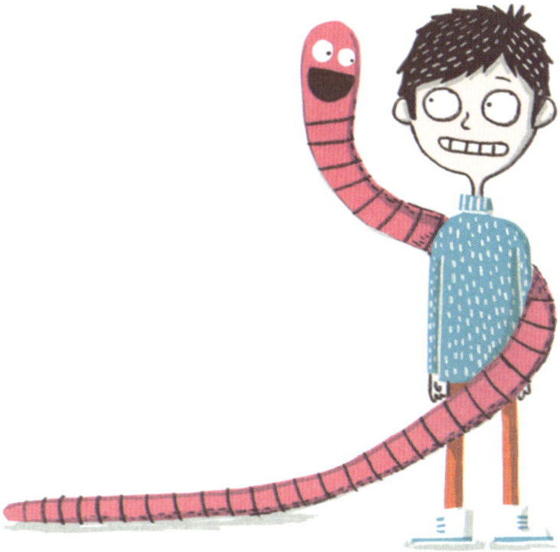

图书在版编目（CIP）数据

我恶心的动物邻居. 6，蠕虫 /（加）埃莉斯·格拉韦尔著；黄丹青译. -- 西安：西安出版社，2023.4
ISBN 978-7-5541-6585-0

Ⅰ. ①我… Ⅱ. ①埃… ②黄… Ⅲ. ①儿童故事—图画故事—加拿大—现代 Ⅳ. ①I711.85

中国国家版本馆CIP数据核字（2023）第024624号
著作权合同登记号：陕版出图字25-2022-050

DISGUSTING CRITTERS:THE WORM
Text and Illustrations copyright © 2012 by Elise Gravel. All rights reserved. Simplified Chinese translation rights arranged with Painted Words Inc. through RightsMix LLC

我恶心的动物邻居 蠕虫 WO EXIN DE DONGWU LINJU RUCHONG
[加]埃莉斯·格拉韦尔 著 黄丹青 译

图书策划 郑玉涵　　　**责任编辑** 朱　艳
封面设计 牛　娜　　　**特约编辑** 郭梦玉
美术编辑 张　睿　葛海姣
出版发行 西安出版社
地址 西安市曲江新区雁南五路1868号影视演艺大厦11层（邮编710061）
印刷 东莞市四季印刷有限公司
开本 787mm×1092mm 1/25 **印张** 12.8
字数 72千字
版次 2023年4月第1版
印次 2023年4月第1次印刷
书号 ISBN 978-7-5541-6585-0
定价 138.00元（共10册）

出品策划 荣信教育文化产业发展股份有限公司
网址 www.lelequ.com　　**电话** 400-848-8788
乐乐趣品牌归荣信教育文化产业发展股份有限公司独家拥有
版权所有　翻印必究

我恶心的动物邻居

蠕虫

[加] 埃莉斯·格拉韦尔 著

黄丹青 译

乐乐趣

西安出版社

小朋友们，向你们隆重介绍一个新朋友——

蠕虫。

很高兴认识你们!

蠕虫的身体长长的，形状像细长的水管。它没有

骨架，

大部分蠕虫也没有脚，我们叫它

无脊椎动物。

没有脚又怎样？ 如果有脚，我还得花钱买鞋子。

蠕虫有

许许多多的种类。
这里介绍几种常见的：

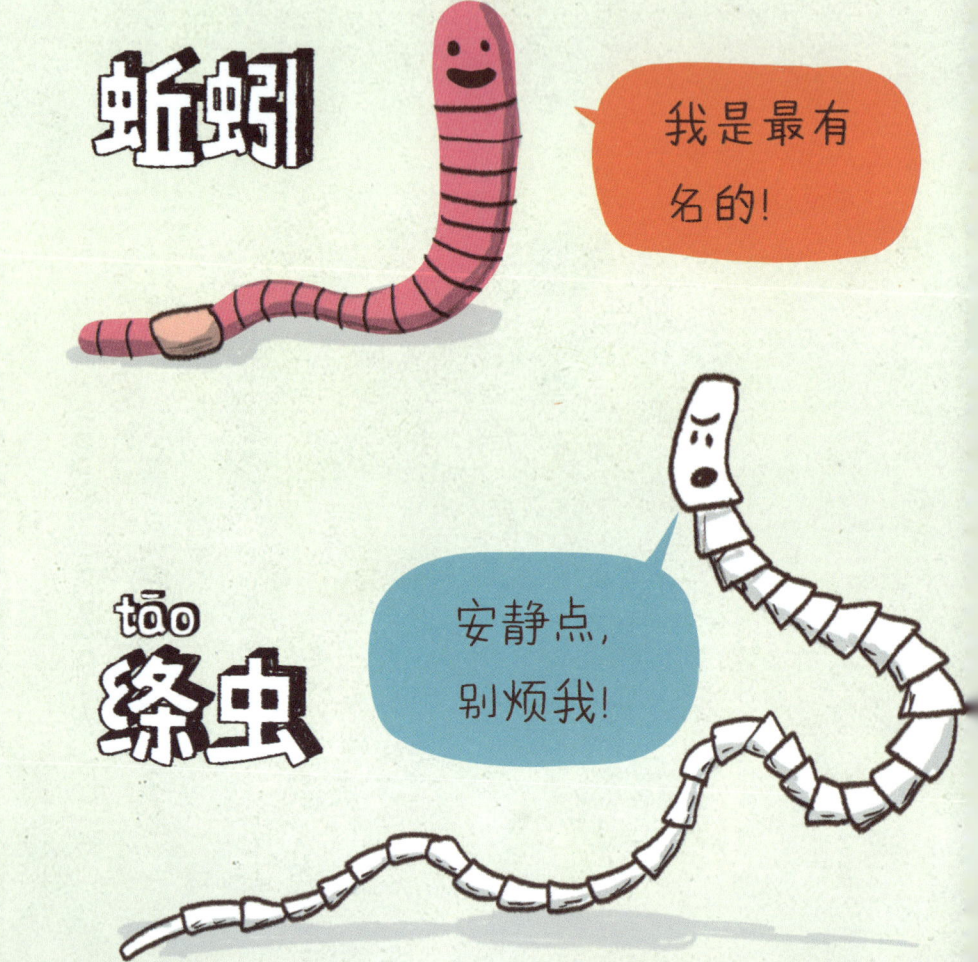

蚯蚓

> 我是最有名的！

**tāo
绦虫**

> 安静点，别烦我！

海扁虫

虽然人们都叫我"蠕虫"，但我是有脚的！

qí cáo
蛴螬

还有许多昆虫的**幼虫**也是蠕虫，比如蛆（就是苍蝇的宝宝啦）。

有些蠕虫非常小，小到我们需要借助显微镜才能看到它们；而有些蠕虫又很大，比如生活在海底的纽形动物，有的甚至可以长达30米……

哇哦，你太可爱啦！

小蠕虫

大蠕虫

蠕虫可以生活在不同的**环境**中。有些生活在水中，有些生活在土壤里，有些生活在腐烂的植物中，还有些甚至寄居在人类或动物的身体内。

你能把盐递给我吗？

我们把这些寄居的蠕虫叫作

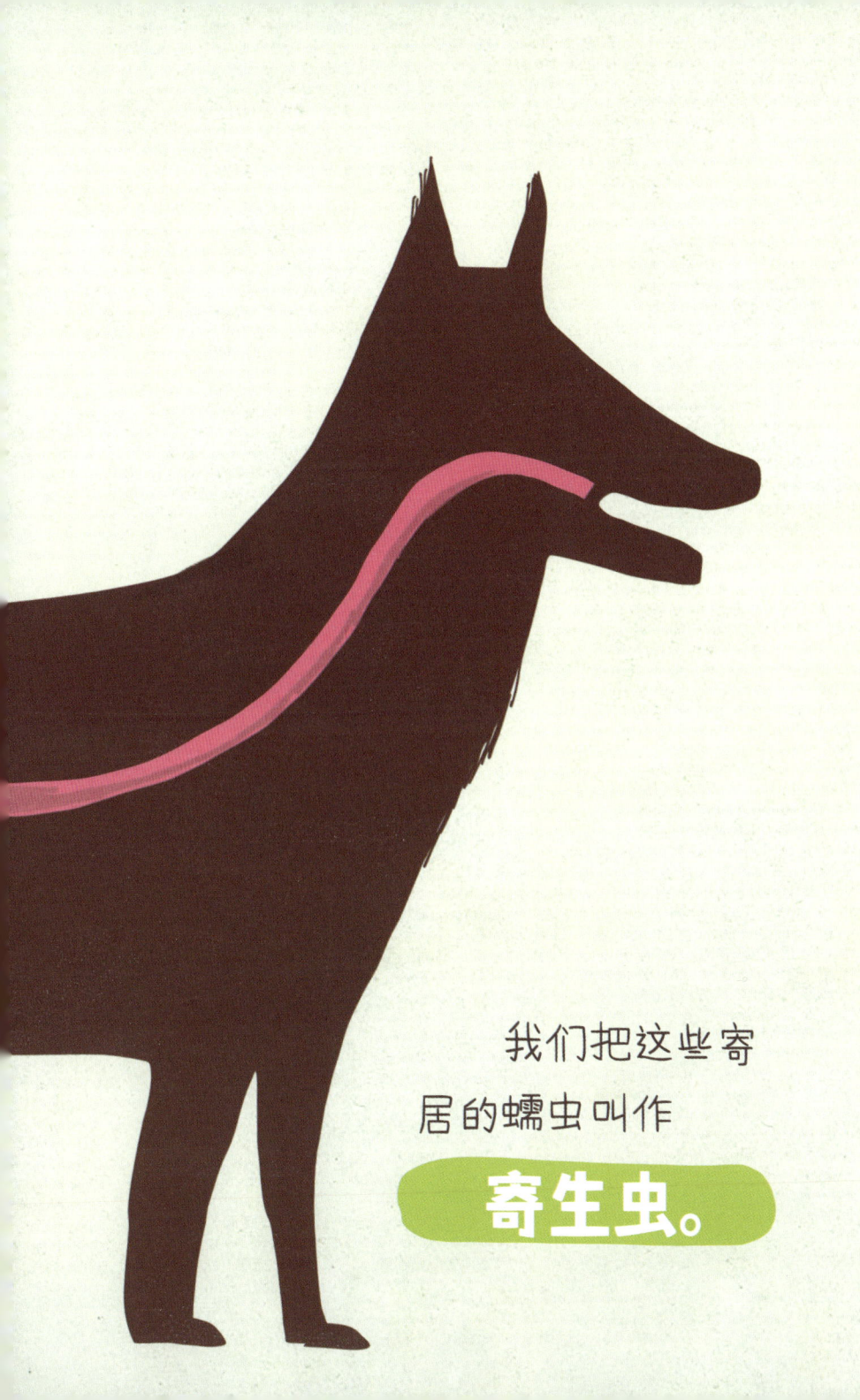

寄生虫。

最有名的蠕虫是

蚯蚓。

蚯蚓的构造就像是

肌肉管道

里有一条 **消化道。**

外面那条肌肉管道黏糊糊的,有点儿恶心。

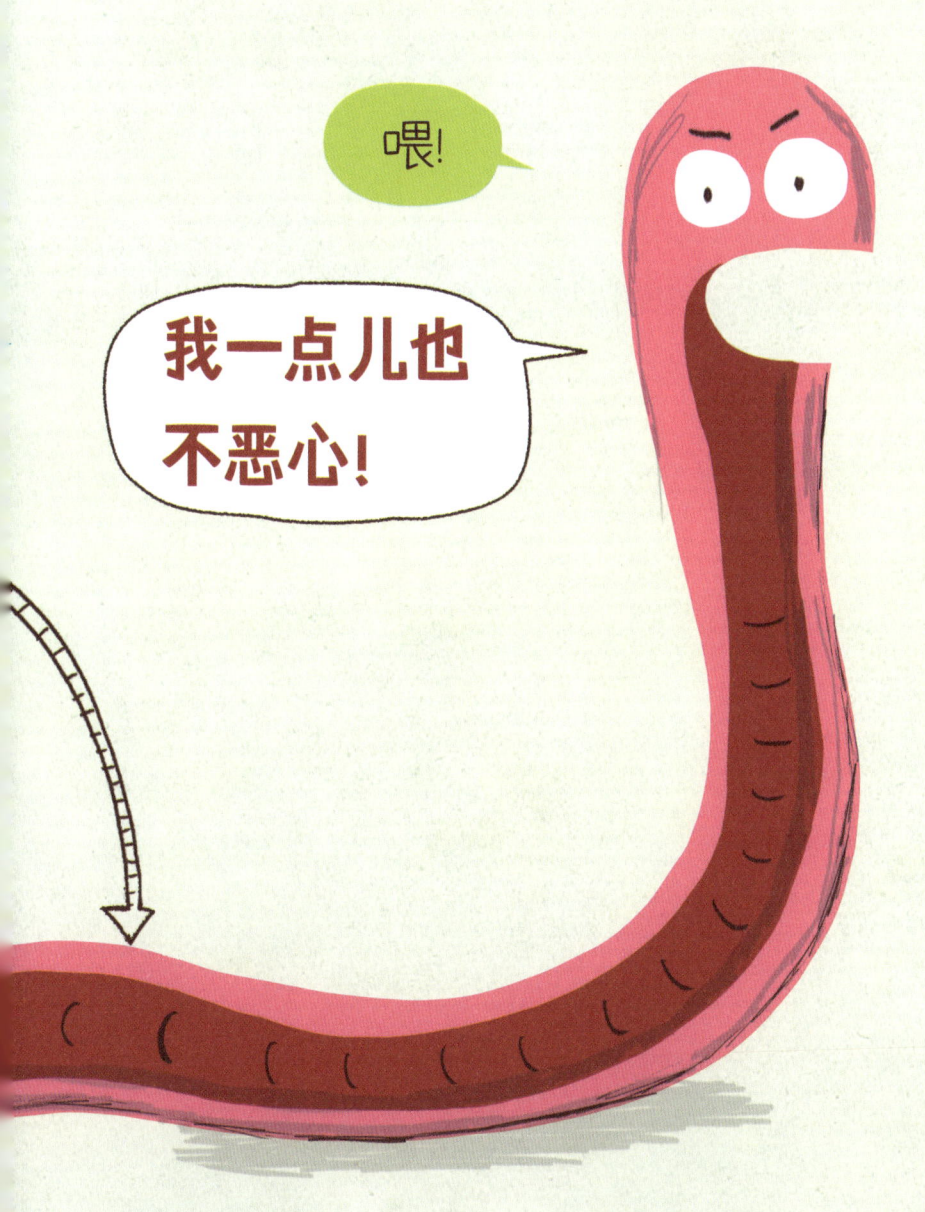

喂!

我一点儿也不恶心!

蚯蚓已经在地球上生活

上亿年了!

生物学家推测,它是和

恐 龙

一起进化的。

在我那个年代，孩子们都很**尊重**蚯蚓！

蚯蚓没有**眼睛**，也没有**大脑**。但它们可以感知光线，这多亏了它们身体表面的**感光细胞**。

什么？说我没脑子？但我明明记得在什么地方有一个。

让我想想，在哪儿来着……

蚯蚓主要通过

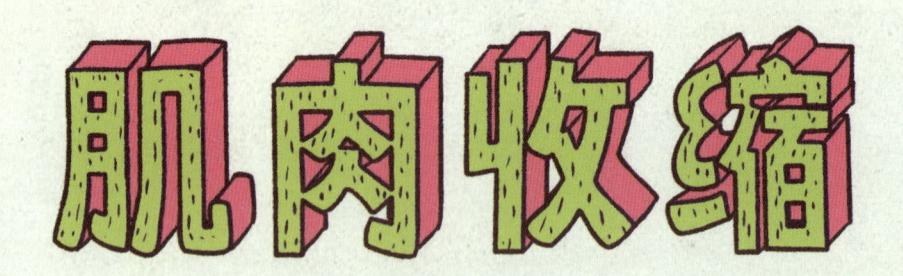

肌肉收缩

向前移动,这使得它们的身体可以一下子变短,又一下子变长。

1
2
3
4

来摸摸我的肌肉!

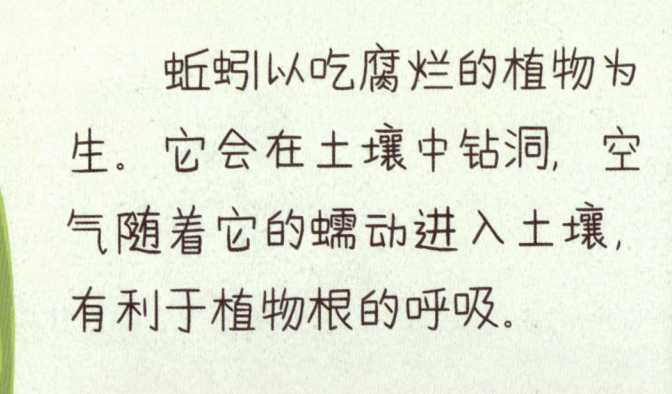

蚯蚓以吃腐烂的植物为生。它会在土壤中钻洞，空气随着它的蠕动进入土壤，有利于植物根的呼吸。

谢谢你，亲爱的蚯蚓先生！

不客气，我的植物女士！

这对**大自然**

很有

好处!

很多蠕虫是雌雄同体的动物，这意味着它们同时具有

雄性

和

雌性

两种生殖器官。

换句话说，蚯蚓既是男孩又是女孩。不过，它仍然需要有个配偶才能生孩子。

你今天太迷人了，亲爱的！

蠕虫可能看上去有点儿**恶心**，但它非常有用！它会回收大自然产生的垃圾，并帮助土壤

吸收这些由垃圾转化成的营养物质。这对农民伯伯和园丁来说简直太棒了!

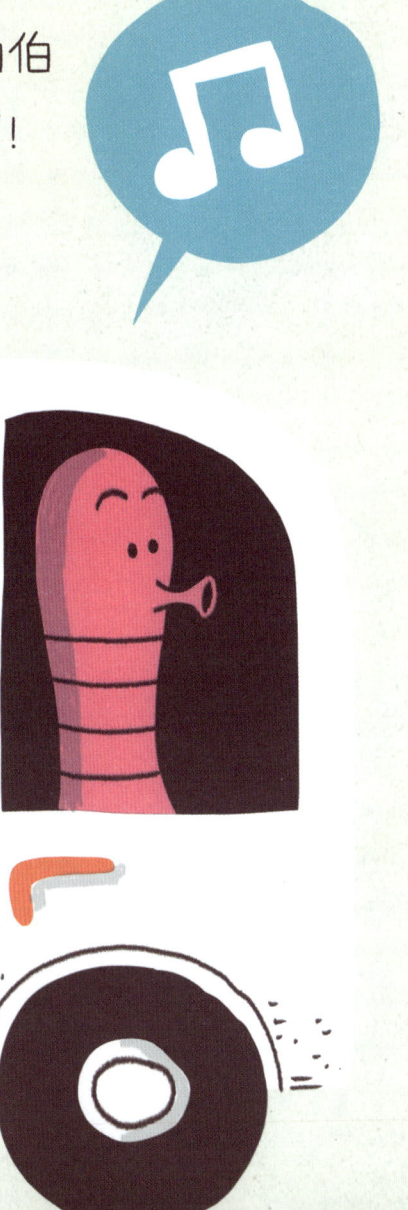

渔民用蠕虫来捕鱼，还有些人会吃蠕虫，并且觉得蠕虫很

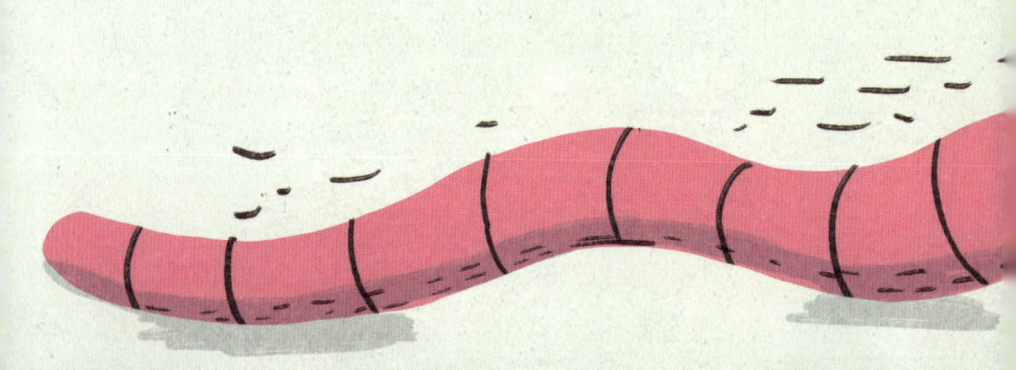

好吃！

什么?
我很好吃？不不不！
我很恶心!
我很恶心!

下次遇到蠕虫时，要有礼貌哦。别忘了，蠕虫可是

你的朋友!

我们去踢足球好吗?

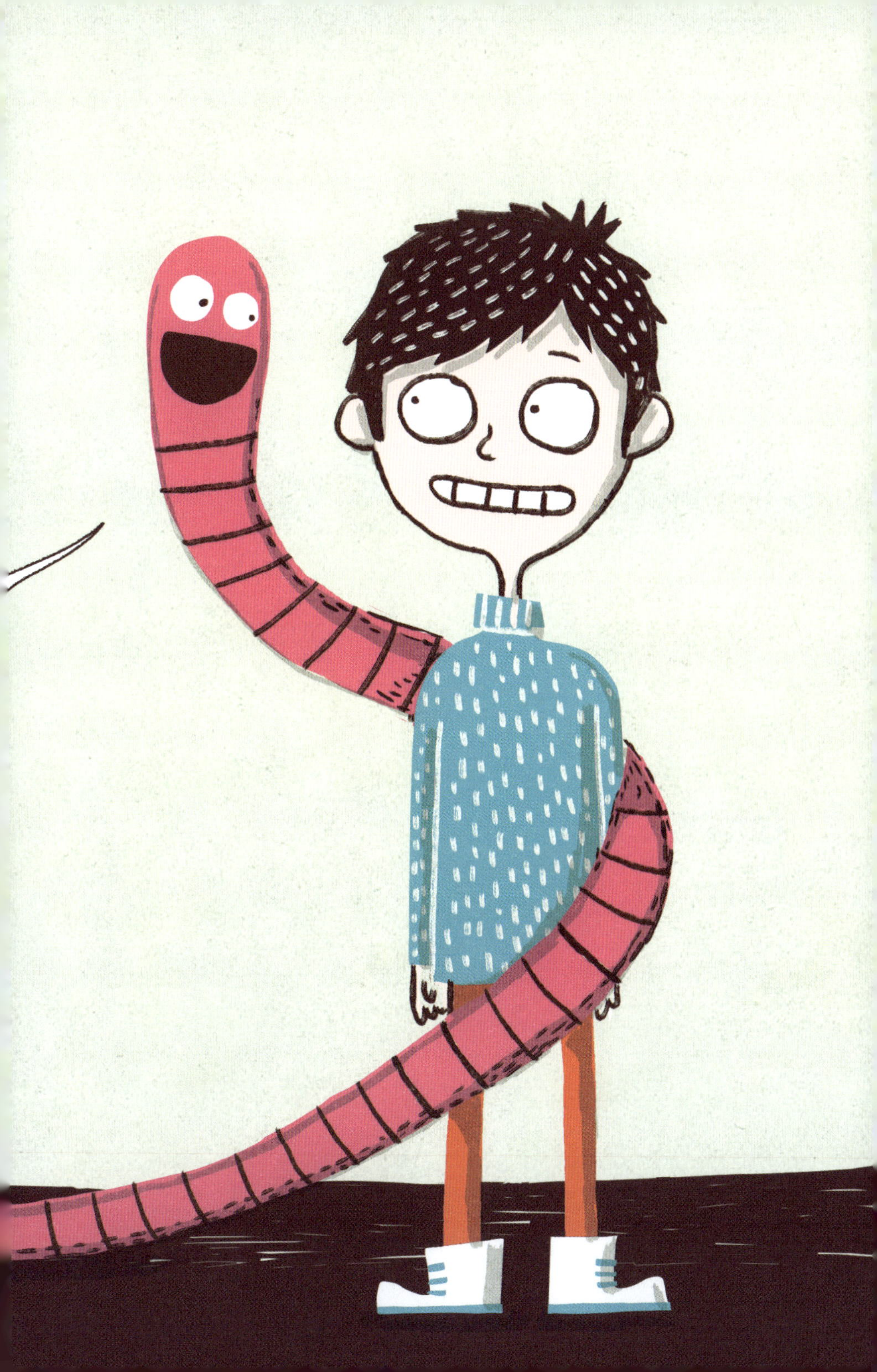

蠕虫小档案

独特之处 很多蠕虫没有眼睛,也没有大脑,还是雌雄同体。

食物 蚯蚓经常吃腐烂的植物。

特长 蚯蚓能让土壤变得松软。

蠕虫是你有点儿恶心的动物邻居,它没有骨架,甚至可能没有脚。

不过,它还真的挺有用的……